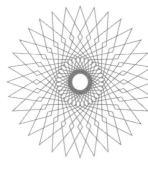

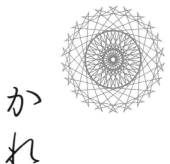

かれいど
すこうぷ

眼科病棟にて

佐藤尚美
SATO Naomi

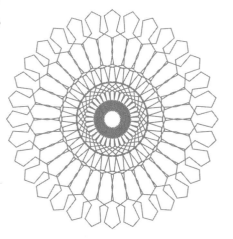

文芸社

もくじ

入院

九州は福岡の中心から外れた山のふもとに突然ビル群が現れる。そのビル群が建ち並ぶ広大な敷地に――というより一つの町に向けて、バスや車の渋滞が続いている。そこにあるのは、ある大学と、その付属病院だ。

朝、夕といわず昼間も、急患や病院の関係者、それに大学へ通う学生、病院に出入りする業者の車で道は埋め尽くされ、車の中で足踏みしたい衝動にかられるほどの混雑である。その渋滞の車列の中に、おだやかな表情の中年男性とにこやかな微笑みを浮かべた女性の乗った車がある。安代と、弟の清史だった。

「姉さん、手術が成功するといいね」

「そうね。お正月ももうすぐというこの忙しい時期に、私のことで東京から福岡まで送ってくれた主人や、わざわざカナダの留学から帰って付き添ってくれる正代の気持ちが神様に届かないはずはないわ。この病院を退院する時には、この景色も清史の顔も見えてるかもね」

糖尿病が原因で四十二歳のある日、一夜にして完全失明した安代。

「一人娘である正代の花嫁姿をどうしても見たい」また、「私のように人生半ばで失明した人たちが、見えない上で再び生活していくための方法や情報を共有し合える場所が必要」と感じ、今、安代は視覚障がい者の会の設立を準備中なのであった。

こんな状況の中、福岡のとある大学病院に目の治療では世界で三本の指に入る先生がいると聞き、「少しでも光を取り戻せたら」と最後の望みをかけて、眼の手術のためにはるばる東京からやって来ていた。

平成八年の年の瀬、安代四十九歳の時のことである。

仕事の都合で一足先に帰った夫の正夫に代わって、姉の入院に付き添う清史はフロントガラスの先のほうを見つめたまま、安代に語りかけた。

「義兄《にい》さんや正代も、長い間の苦労が報われる時が来るんだなぁ」

「そうね……、私の目が、見えるようになるかもしれない。考えただけでも嬉しいわ。長い間、主人や正代に寂しい思いやつらい思いをさせてしまった分、治して思いっきり恩返し、しなくっちゃ。……ねえ、清史さん。もしも見えるようになったら、私は一番初めに何をすると思う？」

「ん？」

突然向けられた姉からの質問に清史は困惑して口ごもった。

「誰にも私の目が見えるようになったことは内緒にして、外泊許可を先生にもらうの。そして、まず美容院に行くの。それから私の一番お気に入りの、紫色の和服を着て主人に会いに行くの」

「うん……。そうか……」

清史は涙声になりながら、それを悟られまいと、言葉を繋いだ。

「安代姉さんは、若い時からよく和服を着てたよね。今考えると、姉さんの年頃の女性では、珍しかったんじゃないかなあ。また、それがよく似合って、正夫義兄さんも気に入っていたからね」

安代は三人姉弟の一番上で、すぐ下は妹の和子、そして一番下が待望の男の子、清史である。

長い間、男の子を待ち望んでいた父親が、小さい頃から男の子のような感覚で安代を育てたこともあって、歩くときは大股、座らせるとひざがくっつかず母親が「これではお嫁さんになれない」と心配していた。だから十八歳から結婚するまで、夏の暑い時期を除いて家にいる時は和服を着せられて、お茶やお花のお稽古をさせられた。おかげで安代自身が和服を好きになっていた。

「誰にも知らせないで、こっそり主人の会社の近くまで行って、それから……その近くの喫茶店に入って電話するのよ。『もしもし、清宮正夫さんをお願いします』って」

安代はなおも続けた。

「でも、それじゃ私とわかっちゃうわねェ。会社に直接行って受付に清宮正夫様に面会の婦人がお見えですと伝えてもらうの、このほうが効果的よね」

安代と清史は笑い合った。これまで、こんな場面を何度想像したことか。それが今度ばかりは実現の可能性があるのだ。きっと光を失った大きな目を輝かせ小鼻をふくらませて語る顔は小さい頃と少しも変わらないと清史には映っただろう。

「……………」

糖尿病から失明し、地元の大学病院で「手の施しようがない」と宣告されてから、すでに九年がたつ。家族をはじめ安代自身があきらめかけていた時、「福岡の某大学病院の大島教授が、ロシアの未熟児網膜症の子供の目に光を取り戻すことに成功した」というニュースが清宮家に波紋を巻き起こした。

カナダ留学中の一人娘の正代に「最後のチャレンジをさせてほしいの」と伝え、呼び戻して一緒に九州、福岡まで来た。仕事を中断して駆けつけた夫の正夫をはじめ、福岡郊外の実家には親戚中が集まった。安代の目の光をめぐる動きは大きな事件になっていた。

「姉さんの悪戯好きは相変わらずなんだね」

大学病院が近づいた自動車の中で清史は語った。

「ウフフフ……びっくりするでしょうね、主人」

「アハッ、ウン……」

「きっとびっくりして、私の足元を見ると思うわ」

と安代は応じた、何回繰り返しても楽しい会話だった。

「九州にいるはずの姉さんが、ハハハ」

「幽霊じゃないかってね。ウフフフ」

「そうなるといいね、姉さん」

「私、何年ぶりに主人の顔を見るのかしら……主人にはずいぶん苦労をかけたから、しわが増えたでしょうね。髪にも白いものがあるかもね」

「いや、義兄さんは年よりもずいぶん若いよ、姉さん」

「……そうなの？　私のわがままをいつも優しく受け止めてくれる人だから、普通の旦那様より苦労が多いぶん、しわや白髪が多いんじゃないかしらって心配していたの」

コンピューターのシステム設計の責任者として、夜遅くまで仕事をするのは当たり前で、土日・祝日も思うようには休めないほど忙しい夫と、お花が大好きで、フラワーアレンジメントを学んでいる一人娘の正代との三人家族である。

多忙な夫と娘に代わり、福岡と東京に離れて三十年になる弟の清史が入院に付き添ってくれることになった。幼い時から仲の良い姉と弟であったが、それぞれが強い思いをかける手術がいよいよ始まる。

六〇二号室

長い渋滞が終わって、やっと大学病院に着いた。朝八時に実家を出発して、着いたのは、十時三十分を回っていた。

一階の部屋で、保証金の払い込みや誓約書の提出など入院の手続きを済ませると、「間もなくお迎えの看護助手が来ますので、その人と一緒に病室に行ってください」と、部屋を出て廊下のソファに案内された。

「それにしても病人が多いのには驚くよ」と、広いロビーや廊下を埋めつくすほどの混雑に、清史はあらためて目を見張った。

やがて迎えに来た看護助手に導かれて、二人はエレベーターに乗った。

「眼科は、三階の西館です」

この病院は、中央に広いエレベーターホールがあり、そこから放射線状に病棟がある。ナースステーションの前を通り過ぎて直接病室へと向かった。

「清宮さんは、女性の六人部屋で、六〇二号室です」


病室へ入ると、看護助手が同室の人たちに声をかけた。

「皆さん、今日から入院される清宮さんです。よろしくお願いしますね」

(し〜ん)


何の返事もない。様子のわからない安代は不安だった。が、とにかく新入りの患者としての挨拶をした。

「今日からお世話になります、清宮安代です。全く光が見えません、皆様のお手を煩わすことも多いと思いますが、宜しくお願いいたします」

「……ウ……ウ……ウウ……」

(何か言っているようだが、言葉を聞き取れない)

清史がささやいた。

「姉さん、みんな下を向いてベッドに寝ているんだよ。足元のベッドには赤ちゃんがいる。中央のベッドは今留守なんだ。姉さんは、ドアを入ってすぐの左側のベッドだよ」

「いやだ、この部屋クラーイ！」

「病院だよ、ここは。遊びに来たわけじゃないんだから。場所が病院なんだから」

「それにしても、誰も口を利かないんだもん」

「皆うつぶせで寝てるから、しゃべれないんだよ」

「変なの！」

　十時半過ぎに入院手続きをして病室へ入って、パジャマに着替え、ロッカーに荷物の整理をし終えて、看護師さんの説明と院内施設の案内を受け、体重、身長、尿、血圧の測定や検査、その他問診を受けたりで、安代が病室に戻って落ち着いてベッドに座ったのは十二時近くになっていた。

　昼食時でお茶が配られていた。

「皆さん、お食事です」

食堂のほうから声がする。

「さあ、お昼ご飯だ」

安代と同じ並びの窓際のベッドのほうで声がする。

「おかずが足りないから、家から漬物を持ってきてもらったから食べよう」

左のベッドの人だ。

「ああ、よく寝たわ。さっき新しい方がこの病室に入ってこられたみたいね」

「私です。清宮安代と申します」

「私は、永山です。網膜の中心に穴が空いて、中心が見えなくなったので手術をしてガスを入れてますので、下を向いていないといけなくてご挨拶できなかったの。ごめんなさいね」

とても声のきれいな、そして上品な女性である。安代は、さっきの清史の説明がやっと理解できた。

「いいえ……ご挨拶してもどなたからもお返事がなかったので戸惑いました」

「石沢といいます。私も、目の中心が見えなくてね。永山さんと同じように下を向いて寝ていなくちゃだめなんだって」

太い、まるで男の人のような声である。

「私は、出川といいます。白内障の手術で入院してるの。眠っていたのでわからなかった。ごめんなさいね」

か細い声の人である。

「私は小川。あなたの足元の赤ちゃんの付き添いです」

「まあ、赤ちゃんがどうして。大人しいので本当に赤ちゃんがいるのかわからなかったわ」

「この子は、未熟児網膜症で一週間前に手術をしたの。まだ八か月なのに。私は、この子の大叔母になるんだけど、この子の母親は、ほかの子供たちの世話があるから、私が代わりに付き添ってるの」

「私の隣、あなたの足元の並びの真ん中にもう一人、阿部さんという方がいらっしゃいます。今、一階の透析室に行ってらっしゃるの。いつも一時か二時ごろ帰ってこられるの」

と永山さんは、ていねいに説明をしてくださった。

「そうですか。私は、糖尿病から失明しました」

「やっぱり、糖尿病の人が多いわね。じゃあ食堂に行きましょう」

食事室には四人掛けのテーブルがいくつもあって、手術直後の人や、全く光が見えない人以外はここで食事をする。テレビが置いてあり、午後十二時四十五分から始まるＮＨＫの連続テレビ小説の時間を楽しみにして集まる人が多い。

「明日退院することになりました。あなたも早く良くなってください」

「おめでとうございます。良かったですね」

と、ここは病院特有の退院挨拶が交わされる場でもある。

繰り広げられる人生ドラマ

パタ、パタ、パタ、パタ、パタとスリッパの音を響かせて、演歌を歌いながら誰かが廊下を歩いてくる。

「あっ、阿部さんが帰ってきた。お帰りなさい」

床頭台《しょうとうだい》の上に置いた花の水を取り替えながら、出川さんは彼女を迎え入れた。

「ただいま〜。アー疲れた。フーッ……」

立っているのもつらいといったふうに肩で息をしながら、阿部さんは透析の時に持っていくバッグをしまう。

「あー、今日はほんに疲れた。うちゃ地方さおる時は、いつも四時間で終わっとったとに、ここん先生なさっちが五時間透析しろって、さっちが言うとじゃもんね。途中で血圧は下がっちまうし、手は痛とうなるし。先生に『もうやめてください』って言うとにさ……」

と、彼女は倒れ込むようにベッドに横たわった。

部屋の面々は口々に「そうね。そら、つらかったろー」「まあ、それは、大変でしたね」「よく頑張ったね」と慰める。

「あのバカッタレ先生が、うちは悔しゅうて悔しゅうて涙がポロポロ出たとばい！」

と阿部さん。

「そら、つらかったろう」

部屋の仲間たちになぐさめられて、これから静かに体を休めるのだろう、と思ったのは、入院したばかりで何も知らない安代だけであった。

阿部さんは、ナースステーションにつながるブザーのボタンを押した。

「はい、阿部さんどうしました？」

すると、同室の人々は、小さな声で「さあ始まった」と言いながらそっと毛布をかぶって寝たふりをしてしまった。

「ちょっと氷持って来ちゃらん」

間もなくコップに氷を入れて、看護師さんが持ってきた。

「はい阿部さん、氷」

腎臓透析の人は、一日に摂取する水の量が制限されている。のどの渇きをおさえるのと、体の火照りを押さえるために氷を口に含むのだという。

氷を持ってきた看護師さんが部屋を出たと思ったら、もうナースコールが押される。

「はい、阿部さん、どうしましたか」

「ちょっと看護師さん、肩が痛いけん、もんじゃらん」

「ハイ、ここでいいの？　このくらい？」

看護師が阿部さんの肩を揉む。

「痛い！　ここは痛かばい」

「暑い、暑い、暖房止めちゃり」

「こんな食事っちゃある？　人を馬鹿にしとるっちゃなかね。おかずは少しで、飴とかクッキーがお膳についっちくるなんて、どうかしとらんと、この病院。うちはこがんもんは食わんとばい」

彼女は、糖尿病のうえに腎臓を悪くし透析となったため、糖分と塩分の制限を受け、さらに蛋白質制限の他になまもの、例えば刺身や果物、野菜が禁止されており、食べるものがほとんどなかったのである。

安代は驚いた。生まれてこのかた、こんな女性は見たことがなかった。暇さえあれば、看護師をナースコールで呼び付ける。そして食事の不満、先生の不満、治療法の不満、前の病院との比較をぶつけて看護師を困らせるのだ。

しかし、そんな彼女はビックリするほどたくさんの病気を抱えながら、女の子二人を育てるため、必死で生きている女性でもあった。

「うちは体中病気だらけ。上から、目が網膜剝離、歯はガタガタ、乳癌を切って、胃癌を切って。うちの胃はほとんどなかとばい。糖尿病があって腎臓が悪くて、頑固な便秘と、まあこんな具合だ」

　彼女には可愛い女の子が二人いた。高校中退のマーちゃんと、中学二年のヨーちゃんである。

　マーちゃんはいじめを受けたことが原因で高校を中退し、母親の友人が経営するラーメン屋さんで手伝いをしている。見かけは男の子のようで、髪は短く、男の子が着るような服装を好み、歩き方も男のようだ。

　だが彼女は、「皆さん、こんにちはー」と、いつも明るく素直で可愛らしい。

　彼女が帰った後、他の病人を見舞いに来た家族や知人は口を揃えて、

「阿部さんの男のお子さんは素直で可愛いわねー」

と発してしまう。しかし、阿部さんは笑って言うのだ。

「あんこは、女ん子。でも皆男ん子と間違えると」

　そして、妹のヨーちゃんは不良グループの中心らしい。いじめのグループのリーダーらしく、万引きしたといっては警察に捕まり、イジメの主謀者だといわれ

ては親が学校から呼び出されているらしい。

しかし、その母親は、その子に負けず劣らず女番長っぽい。

ある日のことだった。

「おかあタン、昨日ね、担任の先生と一緒に警察に行ってきた」

とヨーちゃんは言った。

「なしてね。あれほどお母さんがおらんうちに、人に迷惑掛けるようなことばしたらいかんよっていったじゃなかね」

「この間のイジメをした中心はヨーちゃんだって、いじめられた子が親に言いつけた。そしたらその子の親が警察に言いつけたみたいで、警察に来いってなって。担任のアコ先生と警察に行ってきた。お母さんが病院に入院してるからお母さんの代わりにアコ先生が私を連れて警察に行ったの」

「なんてね、あんたば親の私の許可もとらんで警察に連れていったてね」

「そう」

ヨーちゃん、悪びれもせず、そして、その母親は恥じらうことなく、部屋中に聞こえる大声で話をしている。

「だいたいあの話は、もう前に済んだはずじゃなかったとね?」

「うん」

「もう、お母さんは頭に来た。先生に電話する、あんたは帰りなさい。もう人をイジメたり、悪いことしたら許さんヨッ!」

「ハイ、わかりました。皆さん、さようなら」

と、ヨーちゃんは、あっけらかんと帰っていった。

それを見送った阿部さんは、パタパタとスリッパの音を響かせて公衆電話に飛んで行った。そして担任のアコ先生を病院のベッド際まで呼びつけた。

何と、片道二時間の地元から、その日のうちにアコ先生は飛んできた。若い女の先生だ。

「先生、何で済んだ話でうちの子を警察に連れて行ったとですか。いくら母親が入院していて家にいないからと言って、親に無断で警察に連れて行くなんてもってのほか。あんたは、そう思わんとですか」

「申し訳ございません」

アコ先生は、同室の患者やその家族の前で怒鳴られて、お見舞いとして持ってきた菓子箱の上に大粒の涙を落としてうなだれた。

これでは、どちらが悪いのかわからない。阿部さんは自分の子供が悪いことをして先生に迷惑をかけたことなど全く反省していない。阿部さんはベッドの上から、椅子に座ってうなだれているアコ先生を見下ろし、つばを飛ばしてがなり立てている。

阿部さんは、始めはあぐら、途中から片ひざを立ててての姉御スタイル。長いキセルを持たせれば格好がつきそうなありさまである。

なお、彼女にはもう一人、不思議な同居人「隣のおいさん」がいた。そして、時々次のような会話が親子の間で交わされていた。

「マーちゃん、これ隣の家のおいさんに持って行って」

「お母さん、家に帰りたくない」

「なしてね、早く帰ってヨーちゃんと夕食食べんと、遅くなって、お母さんは心配でたまらんから、早く帰りなさい」

「隣の家のオイさんが、マーちゃんの部屋に入ってくる」

安代は、その発言にドキッとした。

「ヨカじゃなかね。あんたにとっては父親ばい」

そう、「隣のおいさん」と呼ばれているのは、阿部さんの別れた夫のことである。そのおいさんは、大手企業のエンジニアで、東南アジアに六、七年海外赴任していた。その間、阿部さんは乳飲み子を抱えて、衣料品店を二軒と弁当屋を経営しながら頑張っていた。彼女は言う。

「隣のおいさんは一切家に入れたことがない。うちが弁当屋と衣料品店をやりながら子育てしとう時に、あの人は現地の女と遊んで、その様子を話して聞かせるとばい。うちは悔しゅうて、汚らしくて、我慢に我慢したけど、ヨーちゃんが生まれて間もなく別れたと。ところが三年前、うちが乳癌になって手術で入院した時、親戚んもんがもしものことがあったら子供たちがかわいそうと思ってか病院ば教えて、こん人が来た。うちは『帰れ』って言うたけれど、一緒に住ませてくれって言うものやから、私も子供たちんことを考えて『一緒には住まん。離れを建ててやるけん、そこで良かったら住んでもいい』ってことにして、家賃として五万円だけもらって食わしてやっとうとよ。そんなふうやから物心の付くか付かんうちに別れた父親なもんやから、十数年ぶりに『お父さんです』なんて現れても、あん子たちにとっては、ただのおじさんばい」

おでこの上にピンカールを二つしながら阿部さんは、解せない顔をしている安代に説明した。

「そうかもしれないわね。家賃だけ？　子供の養育費とか生活費は？」

「一切貰っとらん」

安代は、目を白黒させて聞いている。何とたくましい女性だろう。

しかし、安代が驚いたのは、阿部さんのことだけではなかった。

酒と博打に明け暮れる夫と、大阪を皮切りに、神戸、広島、福岡と、流れてきた岩田さん。飲み屋の女に主人を奪われ、さらに、息子の嫁が孫を置いてよその男と駆け落ちしたため、理容室をしながら、二人の孫を苦労して育てた出川さん。ミッション系の高校で出会った修道尼の先生に影響されて、親の止めるのを振り切って尼僧になった永山さん。

安代と同部屋の患者たちは「本当の話なのか」と驚くばかりの人生ドラマのある人ばかりであった。

全く光のない安代は、本も読めず、テレビも見ることができないため、眼科病棟での入院は、さぞかし退屈するのではと考えていたが、

「こんなに生々しいドラマが繰り広げられる所だったなんて知らなかったわ」

と、毎日時間がたつのを忘れるように話に聞き入り、情景に引き込まれた。

手術

さて、いよいよ手術の日が近くなり担当医の説明を受ける時が来た。

安代の担当医はいつも優しい声で話しかける。声の感じでは若い女医さんだ。安代はその姿を見ることができないが、主治医は、娘の言葉を借りると「まるで親指姫のように、優しく、可愛らしく、お花のように美しい先生よ」ということである。

「清宮さん、最低片方の目で三回手術をすることになります」

「片方が三回ですか？」

「そうです。都合両眼で最低六回」

「随分、期間がかかるんではないでしょうか」

「かかるでしょうね」と親指姫先生。

「そんなに……？」

「傷が癒えるのを待って、次の手術をしますから」

「娘に毎日来てもらうため、アパートを借りる必要がありますので」

と安代は説明した。実家から病院までは片道二時間半もかかる。病院の近くにアパートを借りるか、ホテル住まいをさせるか……。

「水晶体の混濁がひどく、眼底が見えません。第一回の手術で水晶体を取り除きます。二回目の手術は、網膜が朝顔状に完全にはがれているのを、しわを伸ばすために網膜にメスを入れながら広げてくっつけます。この時、硝子体も茶色に混濁していますので摘出し、後にシリコンを入れて網膜を押さえます。術後はこの液体で網膜を押さえるためにうつぶせに寝ていただきます」

（あー、これでみんな下を向いていたのか）

「はい」

と安代は答えた。

「ちなみに、他の人はシリコンでなく、特殊ガスを入れて押さえています。三回目の手術は、このシリコンは長く体内に止めていると悪いので、抜き取るための手術です。抜いた後は成功していれば特殊ガスを入れ、駄目な場合は水を入れて終わります」

「最低三回というのは？」

「手術が成功しても、新生血管が出てきて、再び網膜を引っ張るようになったり、緑内障になったりして眼圧が上がる場合があります。こんな時は、手術を繰り返すことがあります」

親指姫先生の説明に、安代は「やるだけやってみよう」と祈るように心でつぶやいた。

安代の夫も忙しい中手術の説明を聞きに駆けつけてくれ、「頑張れよ」と肩を揺すりながら励ました。

安代は夫の温かい手のぬくもりに熱い物がこみ上げてくるのを感じながら「はい」と応えた。

「見えるようになったらうれしいな。でも、僕の顔を見て安代ががっかりするのが怖いよ。安代は年をとらないのに僕はしわだらけだからね」

「私が苦労を押し付けているからかも……」

「じゃ、ホテルに帰るよ。明日朝一番の手術だったね。必ず八時の一時間前には来るからね」

正夫はそっと安代を抱きしめて部屋を後にした。

と、その途端。

「アーラ、アーラ、羨ましいったらなかじゃない！」と阿部さんの大きな声がした。

「えー、どうしたと？」と他の患者の声。

「清宮さんちゃ、本当に幸せもんばい」

阿部さんの声に皆ムックリ起き上がる。

「陰から、清宮さん夫婦ばぁ見とったら、何と帰り際に安代さんば抱きしめて帰んなったばい」

「ウワーッ、そげんね」

「この人は、ほんに幸せモンたい」

「この部屋の人は、あんたのん他に皆みーんな不幸の中で生きちょったのに、なんてなんて幸せモンかいな」


翌日、正夫は七時前にベッドのそばに座っていた。

安代は、手術前の安定剤ですっかり眠っていたため、それを知らなかった。手術着に着替えて、薬を渡されたが、それが安定剤だったらしい。普通の人は眠ったりしないらしいが、安代は麻酔がよく効くタイプらしい。

「清宮さん、手術室に行きますよ。ご家族の方々もたくさん見えてますからね」

（あっ、私、眠っていたんだ）

すると、すかさず正夫の手が安代の手を握った。

「安代、頑張れよ」

夫と娘、弟たちは一緒にエレベーターに乗り、地下の手術室の入り口まで来てくれたらしい。しかし、安代はすでに夢の中であった。

かすかに聞こえた「清宮さん聞こえますか。返事をしてください」の声。

「ハイ」と返事をした後はもう覚えていない。

普通の人は、これを何度か繰り返すというが、安代は一度しか覚えていない。


「清宮さん、清宮さん。ご主人が横にいますよ」

「……なかなか麻酔から覚めないね」

目が覚めると、安代はベッドに戻っていた。

「あなたなの？」

「オッ、安代が気がついた」

「皆、次々に手術室から帰ってくるのに、姉さんだけ人の倍以上かかったんで心配したよ。今五時過ぎだよ」

しばらく安代を見守っていた親戚も次々に家路についた。

「ねぇ清宮さん、あんたのご主人は、本当にあんたのことを愛しとうばい」

阿部さんが声をかけた。

「ウフフフフ……そうですね。優しい人です」

「あんたは手術に行く前からグーグー眠っとたけん、わからんかったやろうけど、ご主人は早くから来てあんたんベッドのそばで、じっとあんたん顔ば覗き込んで、しげしげと眺めていたよ」

「そうですか、知らなかったわ」

「そして、手術に行くストレッチャーに乗り替えた時、ご主人がそっとあんたん手ば握ったとこ、うちは見たばい。そのご主人を見たら、うちは思わず涙がこぼれたとよ。あんたは、いいご主人に恵まれたばいねぇ」

それから、ひとしきり冷やかされて、再び眠りについた。


間隔を置いてこのような光景が二回繰り返された後、

「清宮さん、わかりますか。清宮さん」

三度目の手術が終わり、麻酔から覚めた安代は呟いた。

「上を向いて寝てていいんですか？」

すると看護師は答えた。

「そう、ガスでなくてお水が入りましたから、うつぶせなくていいんです」

「ダメでしたの？」

「いいえ、網膜はちゃんとくっつきましたって先生がおっしゃっていましたよ。だから、ガスで押さえなくていいそうです」

「よかった、成功したんだわ」

と思ったのは安代だけだったかもしれない。安代が麻酔から覚める前に、家族には何らかの説明がされているようだった。

「右目の手術が終わったから、次は左目ですね」という安代の言葉に、看護師は答えなかった。

「もう少し様子を見ましょう」

安代は、まだ見えるようになると信じていた。

「清宮さん、来週くらいに退院ですね」

「えっ？」

「東京に帰ったら、視覚障がい者の人のために会を作るんでしょう？　皆のために頑張ってくださいね」

安代は一旦退院した。そして一週間がたった頃、医師による次の宣言を母と一緒に聞いた。

「医学は日進月歩です。希望を捨てないで生きてください。当病院へは、もう通わなくていいです」

全身から力が抜け、足元が崩れる思いで思わずしゃがみこみそうになった。

（隣に七十歳を超えて私に付き添ってくれている母がいる。私より母のほうがつらいはず、私は崩れられない）

安代は血の引く思いをこらえて、診察室を出た。

「さあ、帰りましょうか」

二人は互いに作り笑いを浮かべ、心の涙を押さえて家路についた。


夜、安代は東京の夫に電話した。まだ会社にいた。

「あなた、長い間留守にして申し訳ありませんでした。あなたと正代が一生懸命励ましてくれたり、寂しさを我慢して尽くしてくださったけれど……駄目でした！ごめんなさい」

するとは優しくいたわりを込めて言った。

「安代はよく頑張ったね。正代と一緒に早く帰っておいで」

新たな一歩

家に戻ると、駅前のホテルにある料亭の一室に会席料理が予約されていた。

「ママ、素敵なお部屋よ、二十畳くらいかしら。雪見障子を開けると素敵なお庭よ。床の間もすばらしい」

正代はいつも安代がイメージできるよう説明する。

安代の目が見えないことを料亭の人は全員知らされているようで、さりげなく、しかし丁寧に料理の一品一品について材料、味付け、彩りや盛り付けなど、安代にもイメージできるよう普段より詳細に説明してくれた。

その数日後、仲良しの鈴木さん夫妻が、安代夫妻のためにジャズバンドの中でお酒と食事を楽しむ一夜を作ってくれた。誰もが目のことには触れないが、その温かい心に安代は酔った。

温かい笑いと話題であっという間に過ぎ、ご夫妻にお礼を述べて帰路についた。

安代は、「これで『私が見えたなら』というドラマは終わったわ」と心でつぶやき、大きく両手を広げ深呼吸した。

そして正夫の腕に捕まると、

「さあ、帰りましょう。今から私の新しい人生が始まるのね。今まで本当にご迷惑をおかけしました。これからも以前に増してご迷惑をおかけしながら生きていくことになります。どうぞ見捨てないで面倒見てくださ い、お願いいたします」

深々と頭を下げて、斜め下から正夫の顔を覗いた。さぞかし困った顔をしているに違いないと想像していた安代は肩すかしを食った。正夫の声の様子では、安代ではなく夜空を見上げていたようだ。

弾むように歩く安代に「久しぶりだな。ゆっくり空を見上げるなんて」と正夫は安代の新しい暮らしを創造しているかのようにしばらく空を見上げていた。

　そして、安代に語りかけた。

「安代、満月が近いのかな。大きなお月様が安代を照らしているよ」

「そうなの？　天体望遠鏡で土星の輪や木星が小さな衛星を伴って浮かんでいるのを『可愛いーっ！　まるでお母さんが子供を連れてお散歩してるみたい』『お月様のクレーターがきれいに見えるっ』て喜んでいたのにね」

「大網《おおあみ》の海辺で見た天の川は僕も忘れられないよ」

「そう、あの頃は世田谷のマンションに住んでいたから、天体望遠鏡は屋上まで運んで観察していたものね。光が少ない海辺で見た空は『こんなにたくさんの星が輝いているんだ』って感動したわね」

　二人は、楽しくきれいな思い出を振り返りつつ、頭の中では「これから演じる二人の人生 第二幕」を模索していたのだった。

「さあ、人生第二幕の緞帳《どんちょう》が上がる。どんなチャレンジが待ち受けているのかわくわくしちゃう」と安代はぴょんと跳ねた。ウサギさんのようだったかな？

一方、正夫は「安代へこたれるなよ。今まで以上のじゃじゃ馬でいけ！」とじゃじゃ馬の尻をたたくのだった。

「ん……。鞭が入った！」

安代は正夫の肩を押しながら駆けだした。


それからひと月後、ボランティアさんたちに紛れて夫の正夫が見守る中、安代は総合福祉センターで視覚障がい者の会を発足させた。

挨拶に立った演壇の上には、阿部さんから贈られた赤いバラが咲きこぼれ、そして、和服の胸元には彼女からのメッセージが入っている。

「視覚障がい者の会設立おめでとう。安代さんのことやから、眼は見えんだっちゃ、明るく面白い会になるっちゃなかと」

設立総会を無事終え、自室の椅子に身を投げた安代は静かに目を閉じ、回想するのだった。

回想

糖尿病のコントロールをおろそかにしたことが原因で突然失明したあの日。

二度と社会復帰できることはないと絶望し死を考えたことも……。

視覚障がい者に対する偏見や誤解も多く、傷ついたことも……。

安代の街には視覚障がい者の会がなく、光を失った人は何を生きがいに生きているのかなどを知りたいと思っても、情報を得ることができなかった。

そのため突然光を失った安代は、「見えなくなった＝人生終わった」と絶望し、毎日むなしく過ぎ去る日々をもどかしく過ごすしかなかった……。

「この街に視覚障がいを持つ人たちの情報交換の場があったらいろんなことを教えてもらえるのに……」

こういった事情の中で、市の事業にあった「障がい者代表のアメリカ研修旅行」の募集に応募し、選ばれて研修旅行をする機会に恵まれた。

研修先のバークレイではＣＩＬ（自立生活センター）の所長は自分と同じ中途失明者だった。

彼は「障がい者の自立とは何か」を安代に教えたうえ、「安代も日本に帰って再び社会のためにきっと何かできるよ」と励ましてくれた。

安代はこの研修旅行で希望を得た。帰国後すぐ、「この街にも視覚障がい者の会を創ろう」と立ち上がったのだった。

諦めていたはずの眼の手術。

しかし、「会を創るのだったら少しでも見えるようになりたい……」最後の望みをかけて九州まで手術を受けに行くことにしたのだった。


そして、眼の病を持つ人々が入院治療のために集まる眼科病棟。その中のほんの一室・六〇二号室にたまたま入院してきた患者が入れ替わるたび繰り広げられる人間模様の数々。

それはまるで六〇二号室というひと箱に仕込まれた、二度と同じ模様を現すことのない「万華鏡《かれいどすこうぷ》」を覗いているようだった……と。

著者プロフィール

佐藤 尚美（さとう なおみ）

昭和21年生まれ、福岡県出身。
昭和40年　福岡県立中央高校卒業後、日本電信電話公社（NTT）入社。
昭和44年　企業内研修機関、中央電気通信学園大学部卒業。
平成元年　企業通信システム本部金融システム担当課長在職中に失明。
失明後７年間の引きこもりを経験。家族の温かい愛、お隣の奥様や地域の人、ボランティアの人々の励ましと支えを得て徐々に外へ。
平成８年　浦安市の障害者アメリカ研修旅行に参加。バークレイのCIL（自立生活支援センター）訪問時、センター所長と話す中で、「障がい者の自立とは何か」を諭され、再び社会で人のために何かできると勇気づけられた。
帰国後、浦安市に視覚障がい者の会（トパーズクラブ）設立。障がい者異文化交流の会（ジュエリーボックス）、障がい者文芸クラブ（サファイアペンクラブ）を相次いで設立。
平成15年　訪問介護事業・エメラルドサポート株式会社設立。「人は生まれながらにして、一粒の宝石である。個性を輝かせて生きていこう」との考えから、各グループや会社名に宝石の名を冠している。

かれいどすこうぷ　眼科病棟にて

2023年１月15日　初版第１刷発行

著　者　佐藤 尚美
発行者　瓜谷 綱延
発行所　株式会社文芸社
〒160-0022　東京都新宿区新宿1－10－1
電話　03-5369-3060（代表）
03-5369-2299（販売）

印刷所　図書印刷株式会社

ISBN978-4-286-27022-7